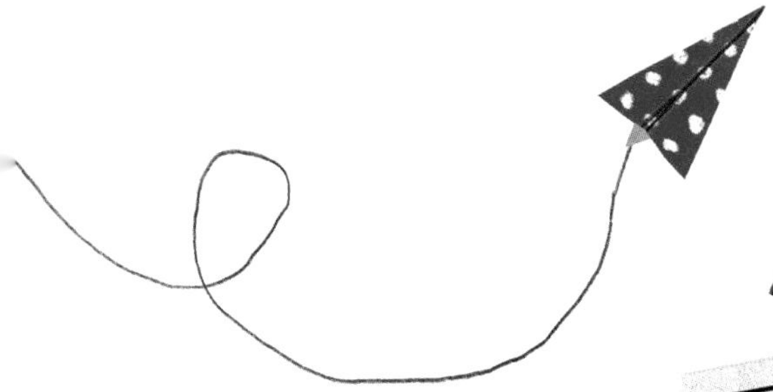

세계로 가는 종이비행기

그림 **유혜경**

애니메이션 게임 회사에서 일하다가 동화책에 관심을 가지게 되어 현재 일러스트레이터로 활동하고 있습니다. 〈쥐돌이의 장소 탐험〉, 〈빈센트 반 고흐〉, 〈세계를 이어주는 다리〉 등의 책에 그림을 그렸습니다.

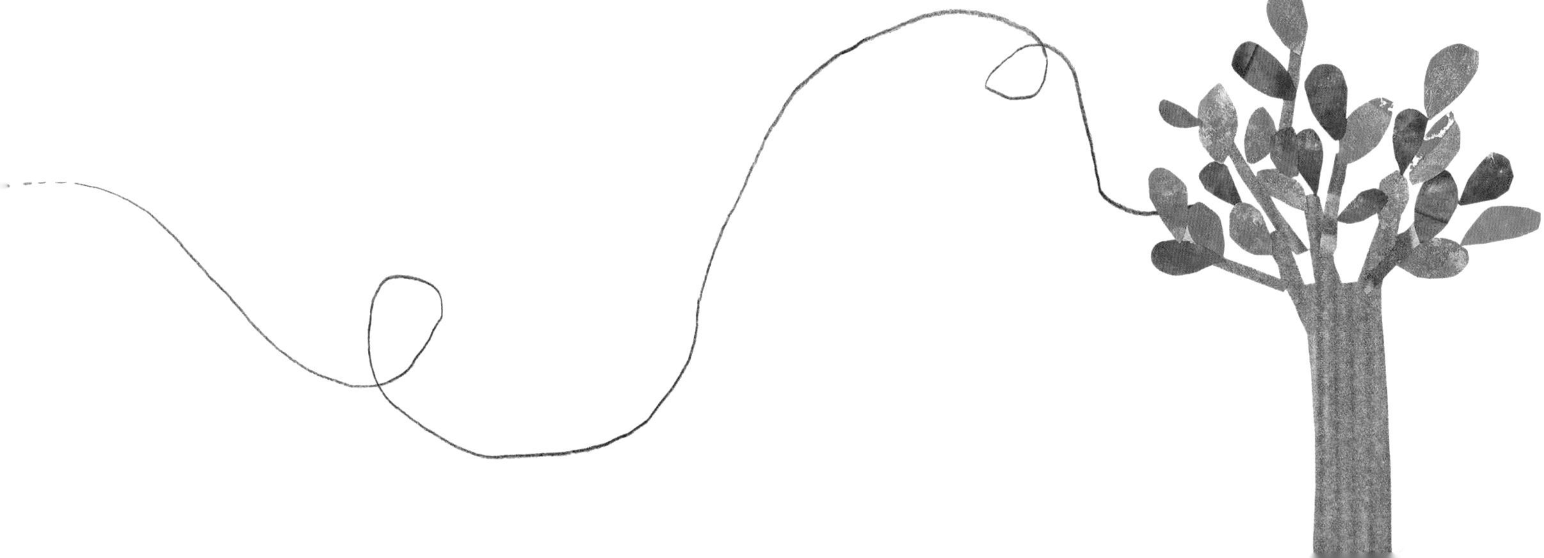

세계로 가는 종이비행기

글 고상한 그림책 연구소 | 그림 유혜경

상상의집

종이비행기를 날리자.
누가 제일 멀리 날릴까?
"자, 여기에서 던지는 거야."
나뭇가지로 선을 쭉 그었지요.
"저기까지 날아가면 일본, 저 멀리까지 날아가면 중국."
복돌이도 좋다고 뛰놀아요.

현호가 곰곰이 생각하더니 말했어요.
"우리 아빠가 일하고 계신 러시아도 넣자."
선이 하나 더 생겼어요.
"할머니 고향은 북한이야, 여기는 북한!"
서연이도 선을 하나 더 그었어요.

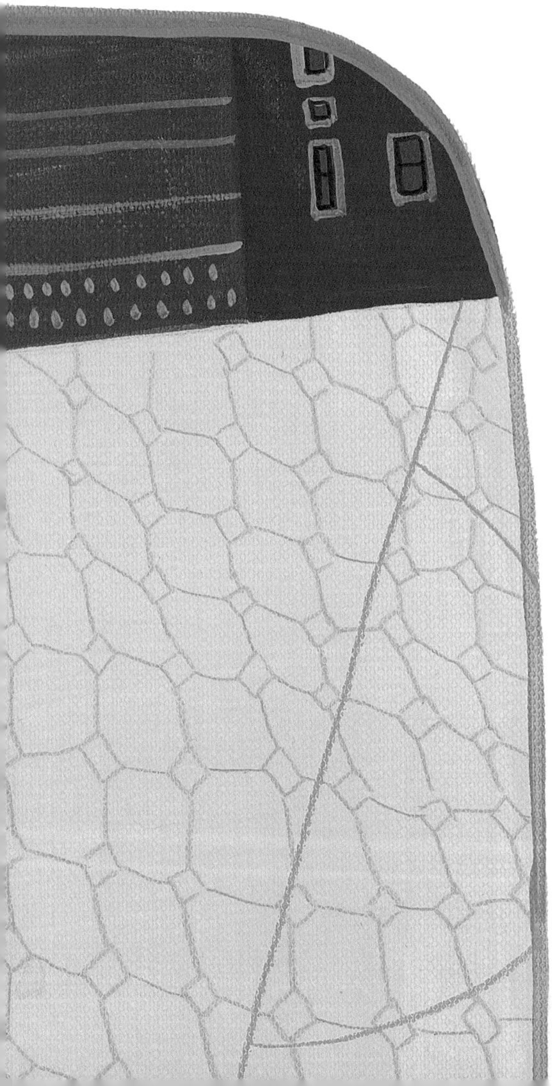

"내가 먼저 던진다?"
빨간 비행기를 접은 사랑이가
힘껏 비행기를 던졌어요.
툭!
"사랑아, 네 비행기는 중국에 떨어졌네."

中国人民银行
10
拾圆
OE26537660
10

H. Sakau
Island

지후가 접은 비행기는

날개가 날씬한 멋진 비행기예요.

“내가 하는 걸 잘 봐!

내가 제일 멀리 날려야지. 이얏!”

지후의 비행기는 어디에 떨어졌을까요?

東神社

“이번엔 내 차례지?”

서연이는 신문지로 비행기를 접었어요.

“신문지로 접은 비행기가 잘 날아갈까?”

“가벼우니까 바람을 잘 타지 않을까?”

우리는 서연이의 비행기를 보며 말했어요.

“날아라!”

예준이의 비행기는 특이하게 생겼어요.
“앞이 무거우면 잘 날아간대.”
예준이는 팔을 쭉 뻗어 힘껏 비행기를 던졌어요.
예준이의 비행기는 정말 멀리 날아갔어요.
“어어?”
예준이의 비행기가 그만 전봇대에 걸려 버렸네요.

ECONOMY CLASS
A12
AC 231
0081A
on
05

"아이, 내가 제일 멀리 던졌는데.
다시 만들어 올게, 조금만 기다려!"
예준이가 집으로 뛰어갔어요.
"나도 던져 볼까?"
"예준이가 없는데?"
"이건 연습 경기라고 치지 뭐."

현호가 힘껏 비행기를 날렸어요.

“이야! 내 비행기가 러시아까지 날아갔어!”

that be
on a new
before his depar-
the family out to
Xuan at the
writing to

예준이가 새 비행기를 접어왔어요.

예준이는 온몸을 휘저으며 비행기를 날렸어요.

까마득히 날아간 비행기가 보이지도 않네요.

“어디까지 날아간 거야?”

“아, 아얏!”

예준이 머리 위로 떨어졌지 뭐예요!

모두 깔깔 웃었어요.

자, 다시 한 번 힘껏 비행기를 날리자!
이번에는 어느 나라에 닿을까?

WO-DAY ADMISSION
2001
October
2001

생각 톡

★ 우리와 이웃하고 있는 나라

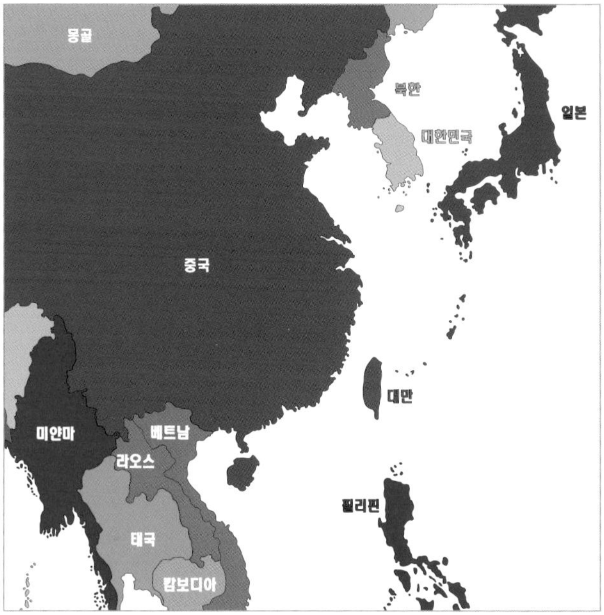

지구에는 여러 나라들이 있어요. 수백 개의 나라 중에서 우리나라와 이웃한 나라는 어느 나라일까요? 지도를 보면 북한, 중국, 일본, 러시아가 우리나라 주변에 보여요. 이웃 나라 사람들은 어떤 모습으로 살고 있을까요?

★ 분단되어 갈 수 없는 북한

우리나라 위쪽에 있는 북한은 한반도에서 남북으로 나뉘어 서로 오갈 수 없어요. 분단으로 인해 남북은 사회 제도가 다른 점이 많지요. 하지만 우리나라와 북한은 같은 민족으로 같은 역사와 풍습을 갖고 있어요.

우리나라와 북한은 어떤 공통점이 있을까요? 고유의 의복으로 한복을 입는 것과 김치를 먹는 것이 같답니다. 설날, 추석 같은 명절을 쇠고 연날리기나 탈춤 등의 놀이를 즐기지요. 둘 다 한글을 쓴다는 점도 같아요. 그래서 북한 사람과는 통역 없이 말이 서로 통하지요. 그런데 우리말과 같은 발음이지만 다른 뜻으로 사용하는 북한말도 많답니다. 예를 들어 '일 없습니다.'는 '괜찮다'는 뜻의 북한말이에요. 서로 다른 뜻으로 쓰기 때문에 오해할 수도 있겠지요?

★ 세계에서 사람이 가장 많이 사는 나라, 중국

우리나라에서 서해를 건너면, 커다란 중국 대륙이 있어요. 중국은 세계에서 인구가 가장 많은 나라예요. 중국은 국토가 넓어 각 지방마다 기후나 풍토, 식생활이 다양해요. 베이징 오리 요리와 딤섬 등 중국 요리는 세계적으로 유명하지요.

만리장성 2,700km에 달하는 길이의 성이에요. 흉노족의 침입에 대비해 쌓은 것이지요. 지금의 모습은 명나라 때 완성된 것이라고 해요.

▲ 만리장성

진시황릉 진시황제의 묘지예요. 유네스코 세계 문화 유산인데 지금까지 발굴된 규모와 유물이 어마어마하지요. 장군과 병사, 말을 흙으로 빚어 함께 묻은 병마용갱이 근처에서 발견되었는데 그 수가 무려 6천여 점이라고 해요.

▲ 진시황릉 병마용갱

자금성 수천 개의 방이 있는 세계 최대의 궁궐로 명나라와 청나라의 궁궐이었어요. 유네스코의 세계 문화 유산으로 지정되어 있지요.

★ 가깝고도 먼 나라, 일본

▲ 일본 전통 의상

일본은 섬으로 이루어진 나라예요. 우리나라와 가까운 곳에 있는 이웃 나라지만, 역사적으로 일본이 우리나라를 침략했고 또 일본이 독도를 욕심내어 우리나라와 불편한 감정이 있어요. 그래서 일본을 가깝고도 먼 나라라고도 부르지요.

일본은 섬나라여서 습도가 높아요. 그래서 습기 조절이 쉬운 나무로 집을 지었고, 다다미를 깔아 생활한답니다. 일본 고유의 의상으로는 유카타, 기모노, 전통 나막신인 게다 등이 있어요.

일본은 북동쪽에서 남서쪽으로 섬이 길게 뻗어 있어, 지역에 따라 기후가 다양해요. 또 해산물이 풍부해 특히 해산물 요리가 발달했어요. 또 간을 심하게 하지 않고 담백하게 요리하는 것이 특징이에요. 사람마다 반찬 그릇을 각기 따로 사용하고, 요리의 외형적 아름다움을 중요시해서 눈으로 먹는 요리라고 할 정도지요. 유명한 일본 요리로는 스시, 일본 라멘, 오코노미야키 등이 있어요.

스시 ▶

◀ 라멘

★혁명과 예술의 나라, 러시아

▲ 러시아 털모자

러시아는 세계에서 영토가 가장 넓은 나라예요. 북쪽에 위치하고 있어서 길고 추운 겨울과 짧은 여름을 갖고 있어요. 예전에는 소련이라는 이름으로 많은 나라들이 연합해 있었지만 1991년 소련이 해체되면서 러시아가 되었어요. 추위 때문에 독한 술을 즐겨 마셔 보드카가 유명해요. 추위로부터 뇌를 보호하기 위해 머리에 쓰는 털모자는 러시아의 상징이지요.

러시아는 다양한 민족이 살고 있는 나라라 지역마다 음식이 다양해요. 가장 유명한 것은 카스피해에서 많이 나는 철갑상어의 알인 캐비어예요. 캐비어는 고급 요리에는 빠지지 않고 등장하는 비싼 식재료지요. 서양 발레의 기본을 이룬 러시아의 발레 문화도 빼놓을 수 없어요. '잠자는 숲속의 미녀', '백조의 호수' 등의 유명한 러시아 발레가 있어요.

▲ 발레 '백조의 호수' 공연 모습

▲ 캐비어

▲ 러시아 전통 인형 마트료시카

세계로 가는 종이 비행기

글 고상한 그림책 연구소 | **그림** 유혜경
펴낸날 2022년 2월 15일 개정판 1쇄
펴낸이 김상수 | **기획 · 편집** 이성령, 권정화, 조유진 | **디자인** 문정선, 조은영 | **영업 · 마케팅** 황형석, 임혜은
펴낸곳 루크하우스 | **주소** 서울시 서초구 사임당로 50 해양빌딩 504호 | **전화** 02)468-5057 | **팩스** 02)468-5051
출판등록 2010년 12월 15일 제2010-59호

www.lukhouse.com
cafe.naver.com/lukhouse

ISBN 979-11-5568-505-1 64800
ISBN 979-11-5568-493-1 (세트)

※ 잘못된 책은 구입처에서 바꾸어 드립니다.
※ 값은 뒤표지에 있습니다.

상상의집